松山真子詩集

迷子《まいご》

こがしわかおり画

迷子

もくじ

I 虹

Ⅱ　日本一周

装画　こがしわかおり

I
虹

虹

あっ
女の子が指をさす
草野球の空に
大きな半円形

赤
青
黄色
紫
だいだい色
野球をやめて

少年たちは空を見る
応援していたおとなたちは
空を見て
虹を語りはじめる

犬をつれたばあさまは
犬に虹をおしえてる

犬は虹を見ない

ぼやけた空から
すこしずつ
色がうすれていく

しょくじ

金色のテーブルクロスで
食卓をととのえてから
ジョロウグモは　しょくじを始めた

夏の田んぼで
スキップしていた　いなごを
朝焼けの空に
舞っていた　ちいさなせみを

じっくりと
ゆっくりと
あじわった

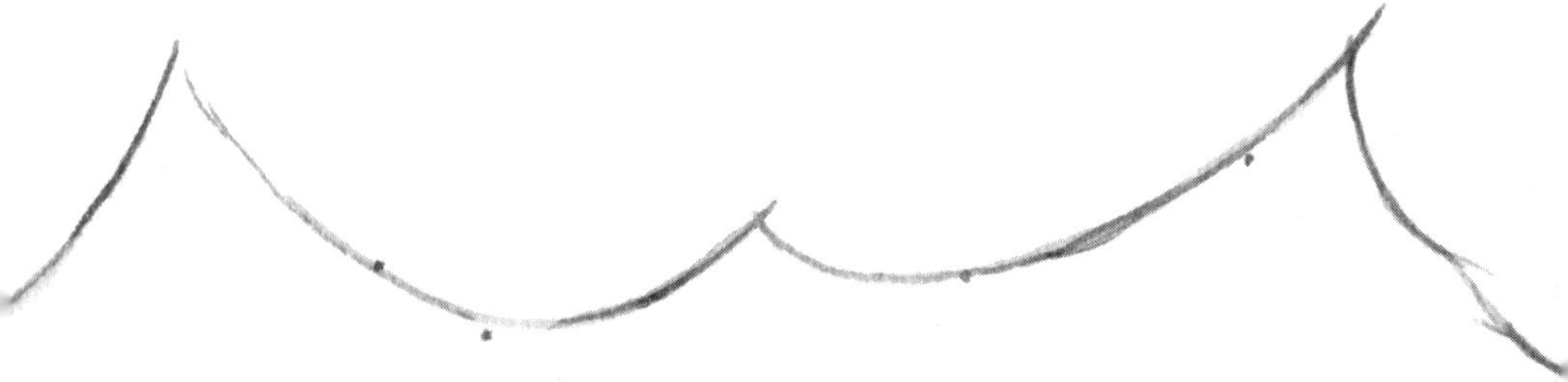

長い長いしょくじのあと
ジョロウグモは
夏の匂いを緑色のナプキンでぬぐった

シジューカラが
遠くから見ていることに
気づいたジョロウグモ

金色のテーブルクロスを
急いで
たたみ始めた

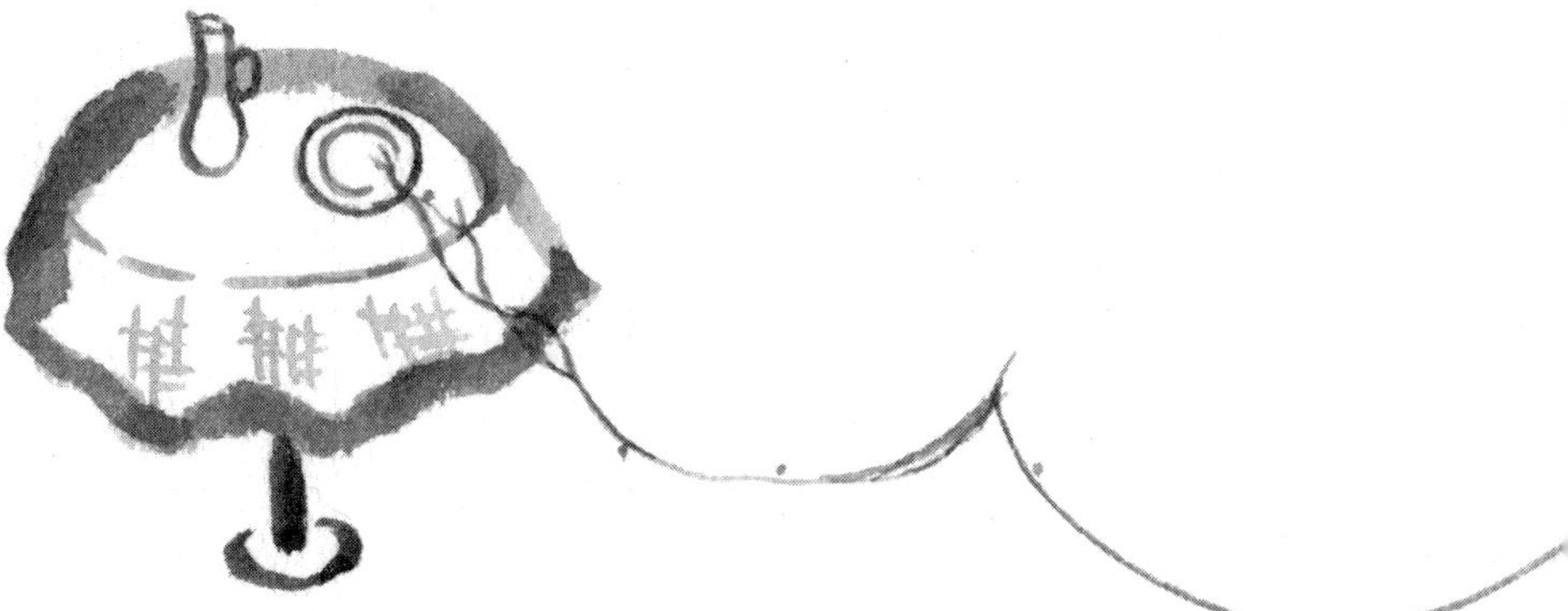

どうぶつえん

パンダが
ささをたべている
どかんとすわって
りょうてで　ささだけをみながら

ゴリラが
りんごをたべている
りんごだけをみて

ライオンが
にくのかたまりをたべている
にくだけをみて

ぼくらもおなかがすいてきた

カレーライスはにいちゃん
ホットドックはぼく
かあさんは　にくうどん

たべおわってから　すこし
しんぱいに　なってきた

このあいだよんだ
えほんにあったみたい
たべたら　みんながうまになっていないか
と

そういうと
かあさんもにいちゃんもわらった
ぼくは　うまになるまえに
はやくいえにかえりたかった

砂浜で

つり舟が見える砂浜で
ぼくたちは
砂遊びを始めた

砂を掘るたびに
シャベルと砂がぶつかって
じりりりじりりりと音がした

じりりりじりりりが聞きたくて
ぼくは小さなあなを
ほって
ほって
ほっていった

魔法の地下宮殿ができあがり
迷路から
歌声が聞こえてきた
ぼくもいっしょにハモってみる

そのとき　ねえちゃんの王国から
にぎやかな使いがやってきた

砂の奥から
おどりながら
太鼓をたたきながら

ぼくの宮殿と
ねえちゃんの王国が
つながって
広がっていく

さくらじいさん

だれかに聞いてきたのかな

コゲラが
ドラミングしてきたとき

わしは全身で体をふるわせた
葉っぱたちもみんな手をたたいてた

コゲラは働き者のパートナーを紹介したあと
五つも卵をうんでみせた

公園のたんぽぽの花がいっぱいに咲いた日
ギイギイとひなの小さななき声が聞こえた

わしは風にたのんで
ゆっくりベッドをゆらしてもらったんだ

おやたちはせっせと虫なんかを運んでた

子どもたちは
ぱくぱく食べて　元気に育ったね

そして　ある日
飛びたっていってしまったよ

わしのところで
もっと　もっと　ゆっくりしてほしかったのに

また　だれか　こないかな
おへやをかしますよ

つめきり

よくきれる
つめきりを
ひとつもって
どこかへ行きたい

草いきれのする
原っぱのまんなかにある
高い
けやきの木のてっぺんで

村の火の見やぐらを
羊や鶏やうさぎ小屋を
だいすきな千曲川の流れを見ながら

ぱっちん
ぽっちんと
ひとりでつめをきりたい

家族のだれからも
何も言われないで

鳥になったり
雲になったり
風になったり

ときどき

家の前で山伏たちが
大きな声でお経をあげている
父さんも母さんも
るす

黒っぽい衣がこわい
長いあごひげがこわい
どなっているようなお経はもっとこわい

こわくて　こわくて
裏口から大好きなおばさんちまで走る

山伏たちが見つけて
追いかけてくる

わたしは逃げる　夢中で
走って　走って　はしって
おばさんちにたどりつく

縁側では
おばさんたちが　おしゃべりしてて
何事もなかったかのように
わたしを手招きしてる

ときどき見る
こんな夢

ゆうべも見た

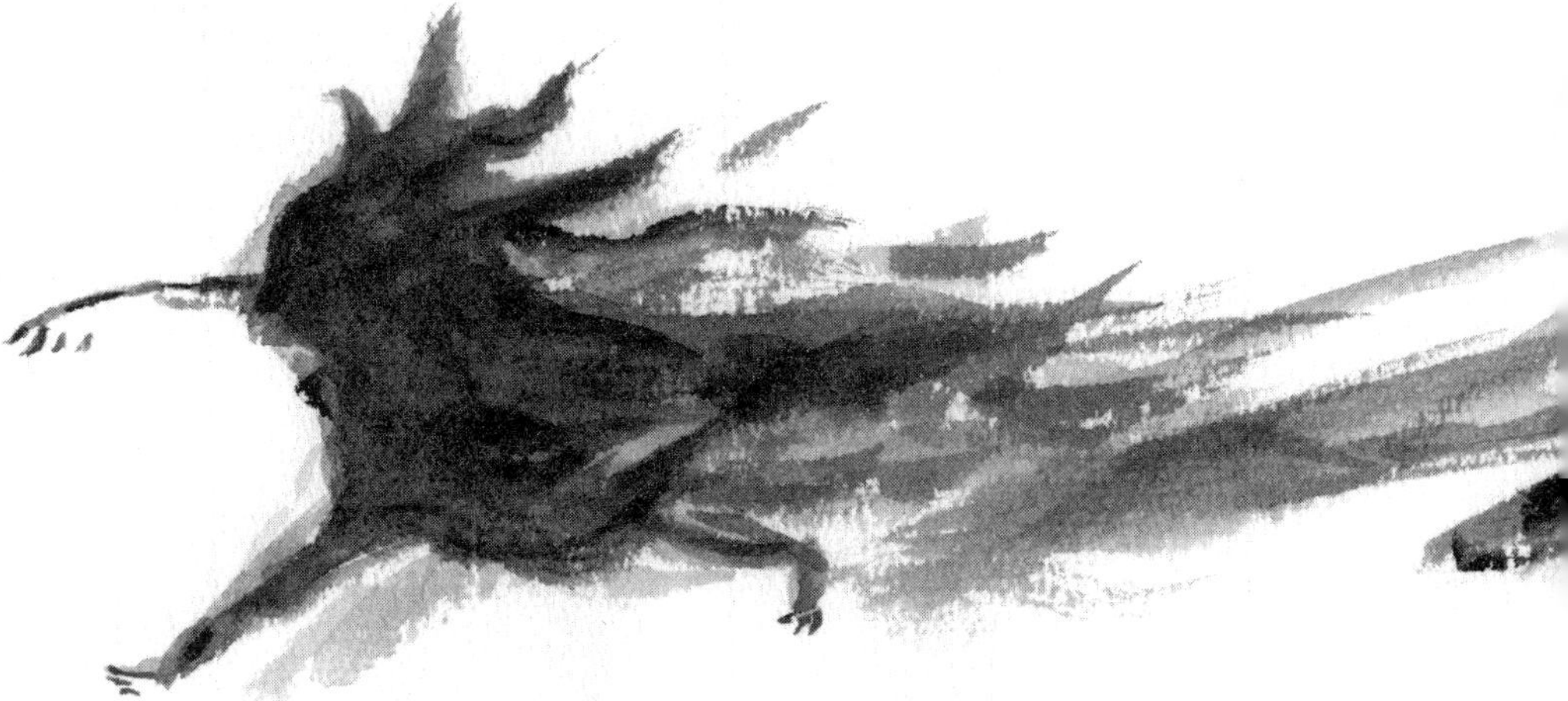

知らない町で

知らない駅の
知らない町で
おりてみた

はじめてのおつかいみたい
どきどきする

駅前ビルは洗い立てのように
つるつるのぴかぴか

路地を見つけた

好奇心が

せみになって飛んでいく

カレー屋に
そば屋
だんご屋
えっ
子守唄屋だって

のれんからこっそりのぞいてみる

赤ちゃんがゆりかごで揺れて
太ったおばさんがきれいな声で
子守唄を歌ってた

知らない町の
知らない子守唄

さくらんぼ

ワイングラスの中に
ひとつ
ふたつ
みっつと数えながら
さくらんぼを山盛りにしていく

そうそう　むかし
さくらんぼの木に登って
折れそうにしなる枝から
細い腕をおもいっきりのばして
取っては口に
ぽいぽい放りこんでた

ねえちゃんとひとしとムクドリと
きょうそうして

かあさんが
洗たくのとき　ぬらしてしまった千円札を
ガラス窓にはりつけたのを知らなくて
天からのおめぐみだと思って
ほんとうにそう思って
仲間を連れて駄菓子屋に行って
通報された日
叱られるのがこわくて
茂ったさくらんぼの葉の陰にかくれてた

とうさんもかあさんも
近所の人たちもみんなが　わたしをさがしてた
葉っぱの間からどきどきしながら見てた

きょうは
クロネコヤマトが　わたしをさがして
まっかな　あまいあまいさくらんぼを
置いて行ってくれた

わたしが赤ちゃんだったとき

引き揚げ船が港についてから
なんにちも待って
やっと　母の順番が来た

母は　ＤＤＴにまみれた赤ちゃんを
軍医さんに診てもらおうとすると

軍医さんは怒って言った

——死んだ赤ん坊を連れてこないでくれ

——いいえ　先生　この子は生きているんです

私はこの子をおぶって　戦争のさなか
台湾の山のなかを　ほかの日本人たちと
いっしょに逃げ回っていたんです
そのときから　お乳がでなくなってしまいました
おむつも　めったにかえられなかったんです

引き揚げテントでは　マラリヤがはやっていました
わたしたち家族四人もマラリヤにかかって
最後に　この子もかかりました
そのときからずっと　この子は泣いて泣いて泣いて
ほんの少しのお白湯《さゆ》しかうけつけませんでした

先生　お願いです
助けてください

――この子は死にそうなのです
　死んでなんかいません

――ほう

それから
母は　ミルクとお白湯と薬をもらって
赤ちゃんの私に飲ませたという

わたしが赤ちゃんだった時を語る母は
いつも　つらそう

ミスター・シャルドネ

苗を植え
苗を植え
苗を植え続けた

ぶどう畑に小屋を作って
男はワインぶどうと寝た

だれもいない山を切り開き
苗を育て
葉を摘み
草を刈った

村ではまだだれも

ワインブドウなど作ってはいなかった

村人は男を変人と呼んだ
村人はワインぶどうを笑い
村人は男の話を聞こうとしなかった

雪の中で枝を払い
雪の中で家族と別れ
雪の中に涙を捨てた

ぶどうたちは
毎年
黄金色のあまいシャルドネを
男にたっぷりとお返しした

ある日
一通の知らせが届いた

男の育てたぶどうが
世界のワインコンクールで
金賞を取った
と

それから　男は
ミスター・シャルドネと呼ばれ
村人たちのあこがれとなった

そのあとも
ミスター・シャルドネは
ぶどう畑の小屋で
ぶどうたちに子守唄を
歌ってあげた

ある冷えこんだ雪の朝

ぶどうのソダに囲まれた小屋の中で
男はひっそりと死んでいた

男の手はぶどうの葉になり
男の体はぶどうのつるになり
男の心臓はぶどうの実となった

それから　ずっと
ぶどうたちは
空に向かって両手を広げている

Ⅱ

日本一周

走る

そこに行くと
しあわせに出会えそうな気がして

赤い自転車を
走らせる

田んぼをこえて
橋をわたると
知らない道

どんどんペダルをこいで
こいで　こいで
寒くてもがまん

たぬきがかくれていそうな草やぶ
キジの鳴き声
新しい切り株

走る
走る

もうすぐ
しあわせが見えそうで
もうすぐ
春が見えそうで

安曇野

生まれたばかりの
ワサビ田の根っこが
おどっている
もやっている
北アルプスからのおくりもの
どこまでも澄んだ水
うらうらと
水が語りかけてくる
どこを見ても

みどり

みどりの川
みどりの林

みどりの森
みどりの山

わたしの旅は
はじまったばかり

春の光

あせびの花の茂みから
ねこがうねるように抜け出して
広場のまんなかで
毛づくろいをはじめた

いっぺんにふくらんだ光が
あじさいの芽に
けやきの芽に
はじけてる

サッカーボールを追いかけて
少年は走り
キックボードをけって

少女たちは笑いあう
だれの背中にも
分けへだてなく
春の光が広がっていく

あめのひ

したしたした
しゃりしゃりしゃり
しゃばしゃばしゃば

ちたちたちた
ちゃぴちゃぴちゃぴ
ちゃぱちゃぱちゃぱ

あめこんこん

ぴっつんぴっつんぴっつん
ぴやっつぴやっつぴやっつ
ぴちよぴちよぴちよ

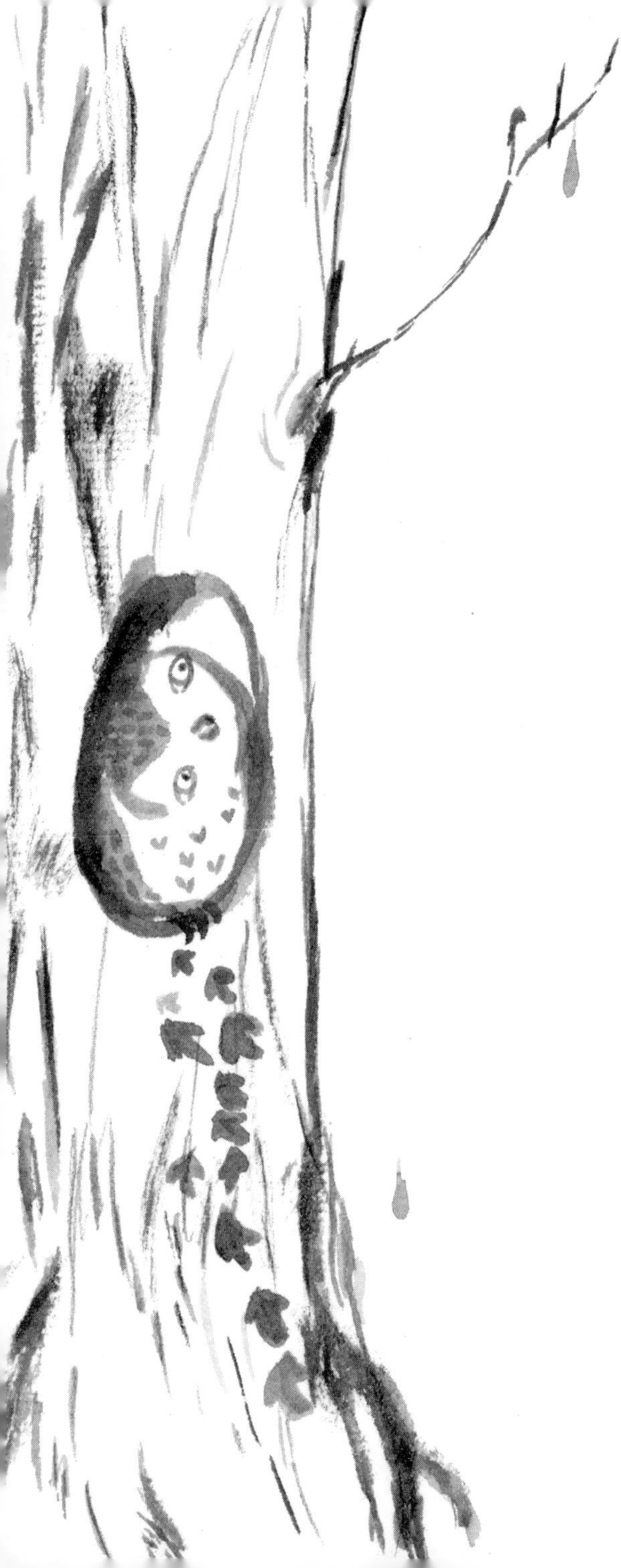

ぽつぽつぽつ
ぽったんぽったんぽったん
ぽっちゃんぽっちゃんぽっちゃん

あーあ
どこにもいけないよ

こがらしいちばん

――たかいやまから
つめたいかぜが
ビュン　ビュン　ビュユーン

もえるように赤いかえで
まっ黄色のイチョウの葉っぱ
いっせいにじめんにおとされて

葉っぱたちは
地面をひらひらばんばんころがって
さとのどうぶつたちに
しらせて走る

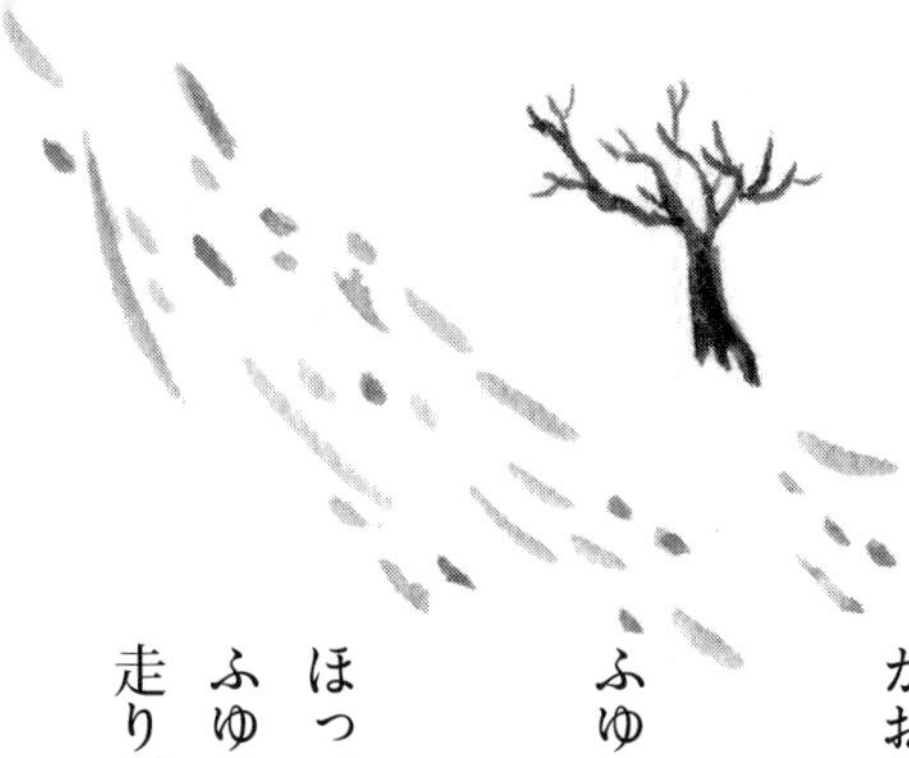

――ふゆがくるぞ
さむくてこわいふゆだよ
ふゆごもりのしたくはできてるかい

ことしうまれの
リスとタヌキとハクビシン
ケンケンしながらあそんでいたが
かおを　見あわせておおあわて

　　ふゆごもり
ふゆごもり
　　ふゆごもり

ほっぺたに　こがらしをはりつけて
ふゆごもりと叫びながら
走りだした

しもばしら

ふんでごめん
ざっくざっくという音を聞くと
たまらないんだ

ふきのとう

ちからをいれて　もぎる
ゆびさきに
石清水の匂い

保育園のおむかえ

髪の毛をぎゅっと結んだママさんが
フルスピードで自転車をこいで保育園へ向かっている
春の風がついていく

猛暑

ミミズがぴくぴくはねて
土の中から飛びだしてくる
クロアリが遠くから見ている

モモ

手をかけてもらうたび
もっと大きくなろう
もっと甘くなろうと思う

ほたる

つかまえないで
あなたの大切な人の
メッセージを伝えに来たの

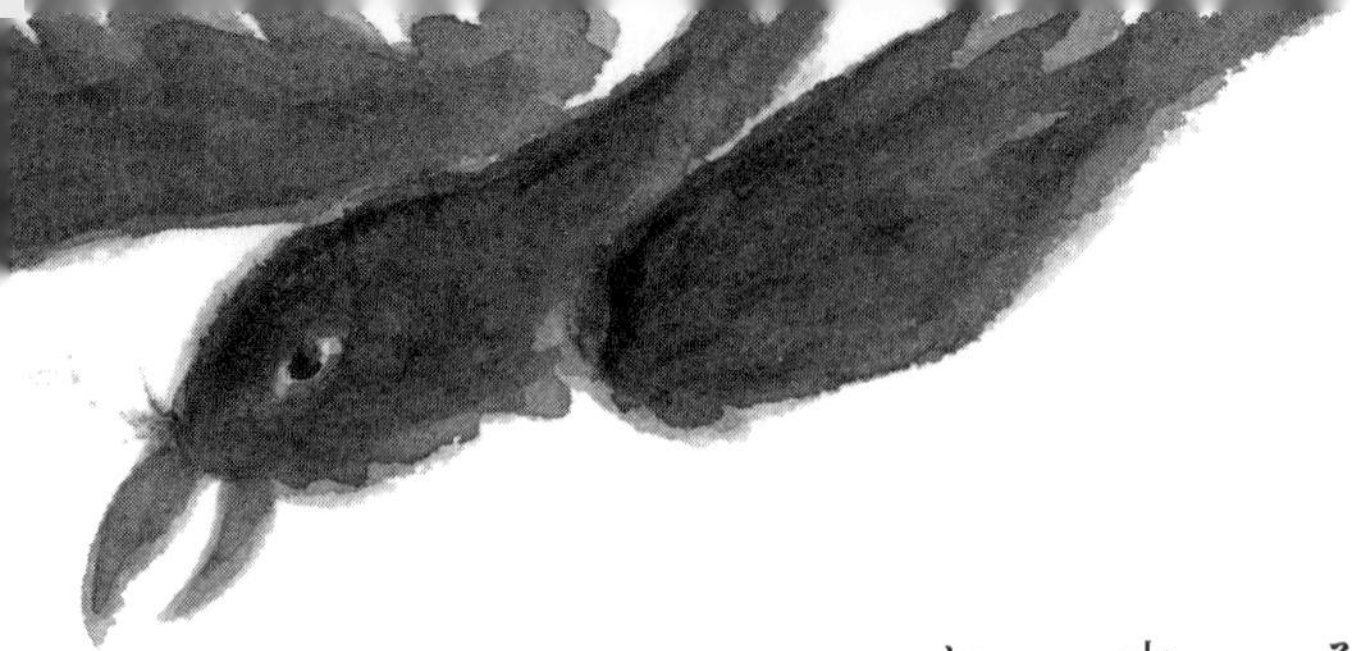

りんごの木

そう　そこに足をかけるんだ
木登り　うまいじゃないか
おいで　私は椅子にもなるし　ベッドにもなる

ハシブトガラス

見た目より知恵とユーモアだって
とうさんにずっといわれてきた
だから　ときどきためしてみるんだ

はたらきあり

このごろね　なぜか　いちにちが長いの

みょうが

夏　やっと出番がきた

カラス

黒い蝶ネクタイの紳士たちは
電線にあつまって礼儀正しく
朝のあいさつからはじめてる

鳥男

レンズを担いだ男たちは
朝からじっと　けやきの樹になって待っている
オオタカを　チョウゲンボウを

たんぽぽの綿毛

おひさまのきげんがよくって
風が　そっと耳打ちしたとき
ぼくらは　いっせいにとびたつんだ

お笑いライブ

みんなが笑っているのに
きょう　わたしだけ笑えない
お笑いのセンサー　どこかに忘れてきちゃって

あっというま

じいじは　五十年だといった
かあさんは　一年だという
ぼくは　たったいまのことだと思うけどね

空

旅から帰ると
空がおりたためるくらい
小さくなっていた

大阪がすき

地下街で道を聞いたら
若いおまわりさんが　ずっとずっと
わかるところまで連れて来てくれた

京都がすき

町のまんなかでまいごになった
美大生たちが寄って来てスマホで調べて
画廊までついてきてくれた

三鷹がすき

夕立の公園　道がわからなくなった
自転車に乗ったおじさんが　ずぶぬれになって
ジブリの前までつれて来てくれた

迷子

上野の絵本フェスティバルに
四歳をつれてってあげたのにママに言いつけている
――ばあちゃんが迷子だよ
すぐうしろにいます

ブリュッセル大すき　1

――ちょっと待ちなさい
父さんの声が聞こえていたのに
まだまだ外で遊んでいたかった
はじめての海外旅行

ホテルを飛び出して
商店街へ一気にかけおりる

蛍ぶくろのような灯りが
次々と消えてゆく商店街
怖くなってふりむくと
道は三本になっていた

どの道がホテルに続く道だったっけ
記憶の道を駆けあがる
けれど
石造りの道の両脇の家々は
固く門を閉ざしたまま

いいいえ
いいいえ
いいいえ

どれもわたしを受け入れてはくれない
家も木も月も知らん顔
ホテルはどこ

声を出して泣いてはだめ
もう中学生なんだから

疲れてもう走れない
うす暗い公園のベンチに
倒れこんだ

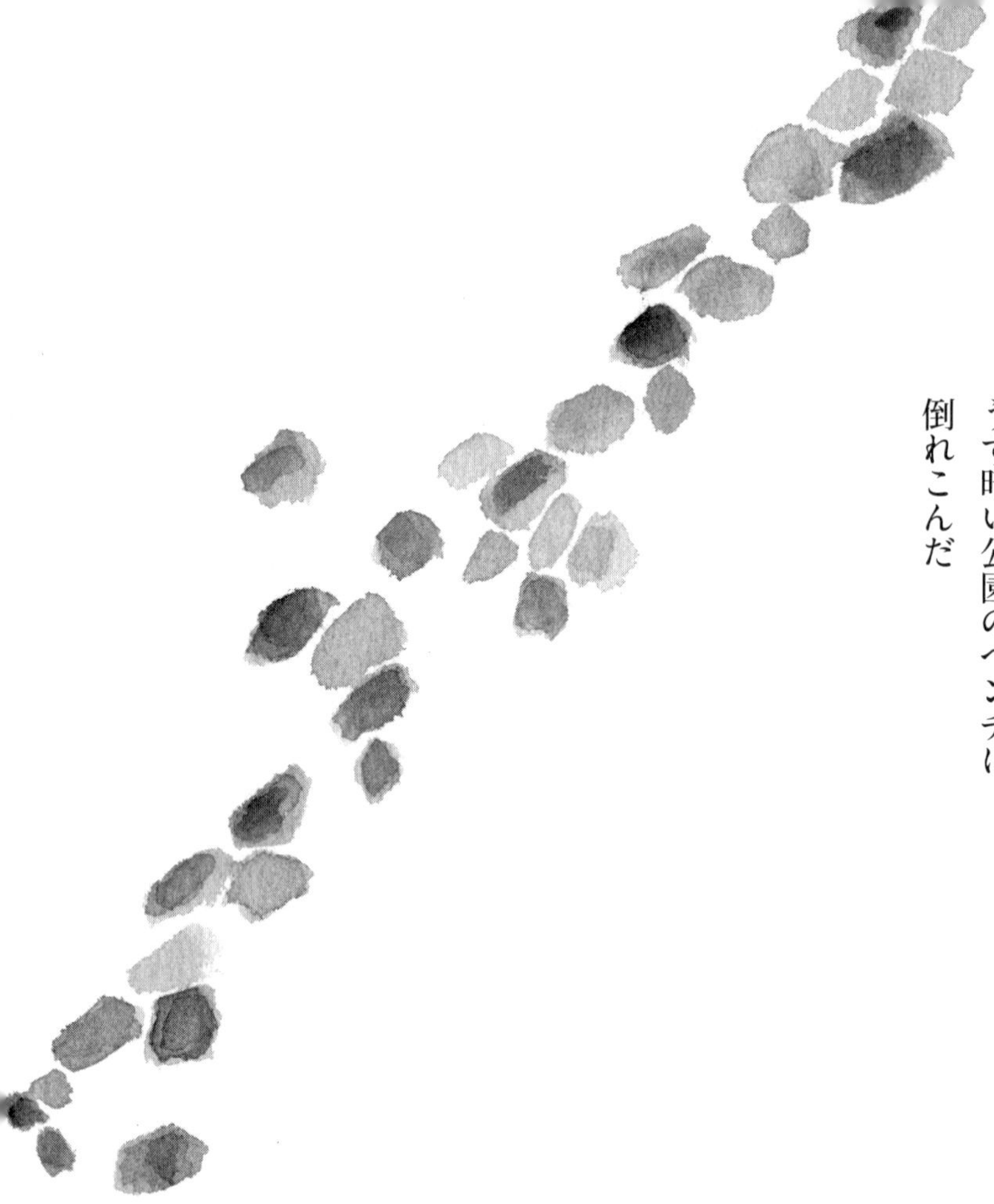

ブリュッセル大すき　2

耳がざわざわしたので
目を開くと　どくろ首がふたつ、と思ったら
金髪の女学生がふたり
わたしに話しかけてくる
言葉がわからない

わたしは
帰るホテルがわからなくなってこまっていると
身ぶり手ぶりで伝えた

わかりました　ついてきて
と言ったような気がして　学生たちの後に続く

月はここでも青いんだ
教会の高い高い建物までは　覚えていた

目が覚めると　まっ白なベッド
アイロンの効いたシーツに　くるまっていた

マリアさまが
額の中からほほえんでいる

こうしてはいられない
とうさんたちが心配している
反射的に走り出していた
おひさまも花も道も
みんながわたしに笑っている

はい
はい

はい
遠くからかあさんの姿が見えた
手をふっている

風の通り道

夏の暑さが残る夕方
わたしは長い坂道を歩く
橋を渡って商店街まで

ここは風の通り道

コロッケを揚げている匂い
モモの熟した匂い
古本屋のたいくつなインクの匂い
そして
いろんな人の汗の匂いが

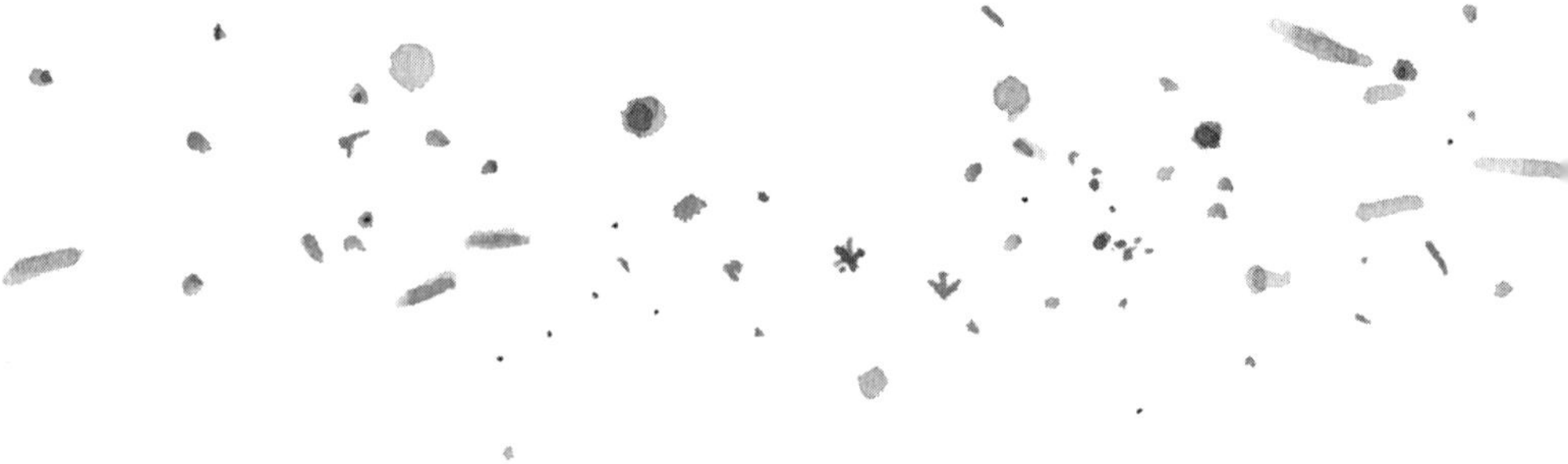

地球のように丸く回転して
花火のように広がったり
雲のようにいびつになったり

かあさんは
アップルパイを焼くから
早くりんごを買ってきてね
って言うけれど

ここは風の通り道

ゆっくり
のんびり
道草をして

どこ吹く風

順風
薫風
青嵐

金風
野分
鳩吹く風

木枯らし
風花
すきま風

梅東風
そよ風
花嵐

心待ち風

木の芽風
花風
若葉風

白南風
熱風
夏はやて

萩風
雁渡し
舟待風

落葉風
天狗風
虎落笛

日本一周

三浦大根
三太郎
源助
大蔵
練馬大根
とっくり大根
牧大根
亀戸
浮島
聖護院

箱根大根
戸隠地
たたら
守口
花作大根

伊吹
和歌山
大阪四十日
岩国赤大根
桜島

大根はえらい

へんしん

ふろふきだいこん
ぶりだいこん
だいこんもち

ならづけ
なます
あまずづけ

かくてき
べったら
いぶりがっこ

きりぼしだいこん
だいこんずし
すりおろし

たくわん
とんじる
あみだいこん

ねずみだいこん
にげだした

世界へ

太郎丸
次郎柿
禅師丸
タヌキの好きな身不知柿

夕紅
おけさ
愛宕柿
かあさんの好きな富有柿

伊豆柿
輝太郎
新秋柿

ぼくの好きな天下布武

紀の川
江戸柿
大和柿
クマのねらいは蜂谷柿

子どももおとなも大好きで

それを聞いて柿たちは
そわそわどきどき　とまらない

あっというまに空を飛び

いまではＫＡＫＩに変身し
世界の市場で笑ってる

Ⅲ

ランプの下で

どんど焼き

わらに火がつけられると
すぐ竹に燃え移った
火はあっというまに
大きな炎となって
青竹のどんどんぱちぱち
はぜる音
ウワアーォ
イイゾウ
どよめきと歓声のなか

炎は高く高く空をめざしていく
——いまだよ
とうさんの声で
わたしたちは持ってきた
書き初めを炎の中へ投げ入れた
わたしの「希望の春」は
高く空に舞い上がっていく
何枚もの仲間を引き連れて

山菜を摘みに

つくし
こごみ
こしあぶら
うど
のびる
ぎょうじゃにんにく
ばあちゃんの年に一度のお楽しみ
山菜摘み
やまのてんぐさまが
からだにいいからとすすめてくれた

と

ばあちゃんの山菜マップに
ついていく

かごいっぱいになると
ばあちゃんは腰をのばす

まごたちは
草の上にござを広げ
おにぎりとたくわんに手をのばす

ばあちゃんの
てんぐさまとやまんばの話が
はじまる

山へ

ジーンズのはんてんの上から
荒なわをぎゅっと巻いてナタを差す
もじゃもじゃひげのとうさんは
かごを背負って
山賊みたい

山賊の娘はトレーナーの上から
とうさんにもらった
荒なわをまいてついて行く

あしたは
山賊一家の四人の子どもの日
――かしわもちを作るから

山さ行って　かしわの葉っぱを取ってきておくれ

山賊のかあさんは人使いが荒い

しーんとした山の中
カッコウの鳴き声がひびく

とうさんは
ナタを取り出し
木を切り
枝を切る

山賊の娘ははさみで
枝から葉っぱを切っていく
春の葉っぱの間から
こもれびが　こぼれてくる

ランプの下で

ばあちゃんがネジを
くるくる巻くと芯がでてきた
マッチで火をつける
ひょうたんみたいなガラスのほやをかぶせると
ねえちゃんの顔が浮かんできた
――うああ　明かるくなった

とうさんは手帳を広げてひとりごと
――あしたの仕事の段取りはどうしようかなあ

ばあちゃんは
きのうの続きの小説を読みはじめた

わたしは夏休みの宿題の日記を書く

――とうさんのりんご畑には
　電気がありません
　村とはなれているので　電線がこないのです………

それからもっと書こうか
終わりにしようか
ランプの炎を見る

ランプは
夜のかしらみたいな顔をして
だまって
みんなを見まわしている

おじぞうさま

のり子とおんなじ黄色のセーターを
着ていった日
自分の黄色のほうがいいって
しつこく張り合った
ついでに待ち合わせに遅れたことも
怒っていたら
けんかになっちゃった

次の日からのり子は学校を休んだ
三日も休みつづけた
怒りすぎじゃないかと思って
先生に聞きに行った

のり子はぜんそくがひどくて
家で寝てるんだって

学校の帰り寄り道をして
のり子のお見舞いに行った

細い道にかかるとき
草むらからおじぞうさまが見えた

あわてて
おじぞうさまの
まわりの草をはらうと
ほそい目の笑顔があらわれた

　おじぞうさま
のり子のぜんそくを
早く治してください

そして　わたしが
ごめんなさいを　言えますように

持っていたクルミを二つそなえて
手を合わせた

コスモスの朝

こっつんと音がして
玄関にコスモスがひとにぎり
秋の風と
待っていた

かくれんぼ

オニのさいごのひとこえ
わたしはかくれる場所が見つからない

——もう　いいかーい

庭の石のかげも
物おきの中も
柿の木に登っても
みんな見つかっちゃう
けんちゃんち

土蔵のとびらがあいていて
あわてて

タンスの後ろに
まわりこんだ
——もう　い　い　よ　お

すみっこに
けんちゃんもかくれていた

遠くから手を伸ばして
つばきの枝を
わたしの手ににぎらせた

まっかな花がひとつ
ついていた

冬の夜

つららが　きのうよりも
ぐんと長くなった夜

おふろからでると
とうさんが
小皿に　あらじおをいれて
まっていた

——ふとんにはいると
　あったまってくるからな

ざらざらとした　しお
ごつごつとした　とうさんのて

——いたい

いたいってば

にげているあいだに
せなかに
ぜんぶぬられた

あはあはと　わらってたかあさん

――そとは　ふぶきだ　ひえるぞ
　はやくふとんに　はいり

ふしぎふしぎ

ふとんに　はいったとたん
からだが　ぽかぽかしてきた

かあさんが笑顔でVサインを出している

新婚さん

かあさんが
新婚だったときの話しを
みんなで聞いていた

——ごはんを食べるときはなあ
とうさんと
ふたりだけで食べるのが
はずかしくて
はずかしくて

ごはんつぶを
三粒ずつしか
食べられなかったんだよ

おなかすいちゃって
とうさんが会社へ行くと
いそいで
もいちど
ごはんもおかずも
しっかり食べて腹ごしらえをしたもんだ

五右衛門ぶろみたいな
丸いかあさんの話が終わると
わたしたちきょうだいは
みんなで顔を見合わせて
爆笑した

夏みかん

夏みかんひとつ
それが彼女のおみやげだった

わたしたちは
夏みかんを前に
一週間にあったことを話す

彼女は新しく入った
幼稚園のこどもたちが
おませでこまる
と

わたしは

進学塾の受付で
お客さんの顔のほくろを見つけて
笑ってしまい
つられてみんなが笑い　怒られたこと

……

…………

ふたりの一週間を
語り終えると……
彼女は夏みかんに親指をぐっといれて
皮をむき始める

わたしたちの
つぎの一週間が始まる

あなたがうまれた日

あなたがうまれた日
空は果てしなく広がり
雲は自由にとびまわっていた

母は窓辺のベッドで
まっ白なシーツにくるまれ
ぼんやりと
産まれたばかりのあなたを見ていた

じいじとばあばと
パパ
みんなに見まもられるなか
赤いあなたは

小さなこぶしをしっかりにぎってた
この世にうまれたよろこびを
からだじゅうで語るかのように

みんなのおしゃべりの中で
あなたも
ときどきくちびるをとがらせ
ほんの少しさんかしてみせる

それが
新しい笑いを呼んでまた…

あなたがうまれた日
ペアの山鳩は電線からあなたを見守り
けやきの葉っぱたち
みんな手をふっていた

琵琶湖の小鮎

小鮎たちは
ヨコハマへ行きたかった
ばあちゃんに言うと
大なべを出してきた
小鮎たちは
さんしょ煮となって空を飛んだ
――こんにちは　ヨコハマ
　こんにちは　むすめ
――待ち遠しかったよ

湖西のばあちゃんは　たいくつしてないか

――ばあちゃんは湖畔のベンチで
まいあさ語りのけいこをしているよ
もうすぐイベントがあるからね

――そっか

むすめは立ち上がって冷蔵庫を開けた

そして
しずかに
缶ジュースのプルタブを引いた

おかあさんありがとう

五月の緑が
ゆるくなってきた午後
宅配便が届いた

――おかあさんありがとう

大きなましかくの
カステラのどまんなかに
白い文字が浮かんでいる

その昔
保育園児だった息子に
折り紙で作った金メダルを

もらったことを思いだした

このごろのわたしたちは
無口になってしまって

いろんなことばを
すっかり忘れている

母の日がきて町じゅうに
ことばがあふれだすと

遠い日がよみがえる

花ふぶき

せいたかのっぽの桜の山に
ばあさまたち
よっさよっさと登ってきた

さくらは満開
なんとまあ
いい日に
来たもんだ

さくらは満開
どっこいしょ
このおにぎりの
うまいこと

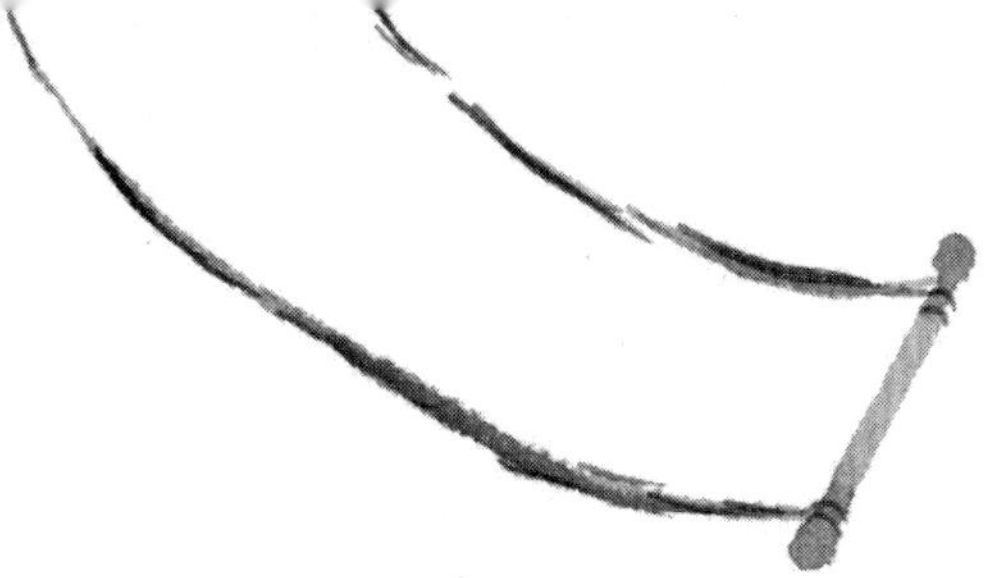

さくらは満開　つむじ風
なんとまあ
花ふぶき
花舞台

ばあさまたちは両手をあげて　おどりだす

若かったころは
おどったね
花の舞台でおどったさ

はっらら
　ひっらら
　　ふるふるる

花びらは
むかしの時間を泳ぎまわる

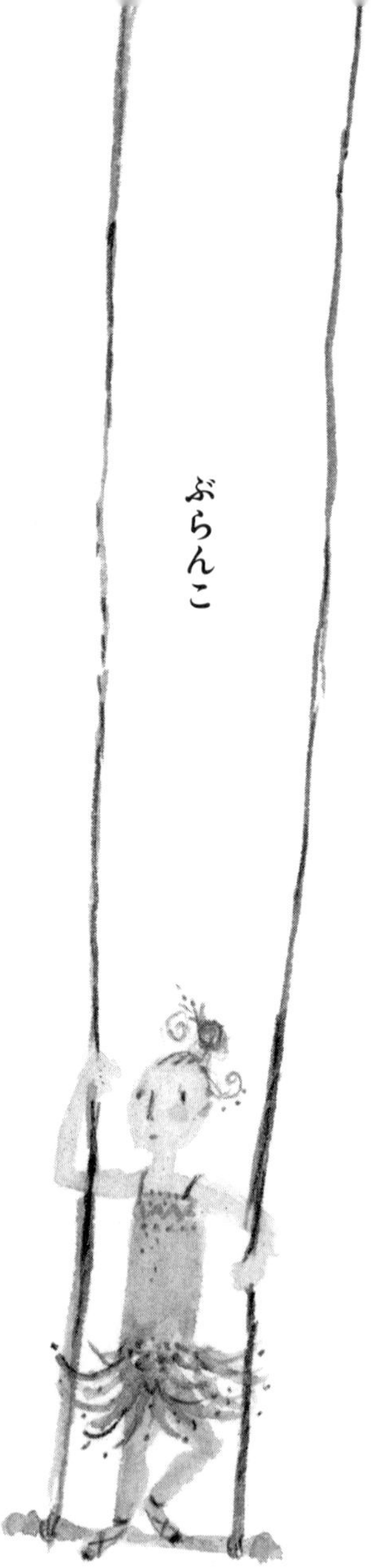

ぶらんこ

朝早く
だれもいない公園で
ぶらんこがゆれている

早く
早く
って

ぶらんこがよぶので
走って座った

両足がもう
ぶらんこをこぎはじめてる

高いビルがかたむいていく
足の下を空がくぐる
寒椿が空に咲いてる

ぶらんこって
おとなになっても　いいもんだ
じいはひとりごとを言ってから
立ち上がった

空はちゃんと上にあった

元旦のまちで

元旦のまちは
しずかに　そっと
深呼吸してた

いつもは
がくせいたちの笑い声や
つとめにんたちの足音や
あかちゃんの単語が聞こえている

元旦のまちでは
やおやも
さかなやも

ようふくやも　みんな無口

杖をついたおじじや
車いすのおばば
ねこたちなんかが
ひたひたと
堂々と歩いて行く

教会の
とびらは開いていた

ねこがふりかえって
わたしを見て　しっぽふり笑った

そして
とびらの向こうに　消えていった

アロマ・キャンドル

とびらを開くと
アロマ・キャンドルの炎の向こうに
まっさおな海が見えてきた

海沿いの無人駅で　娘は
旅行鞄を重そうに抱えている

母親ははだしで　娘の後を
おいかけてくる

砂浜のテントの中で
防人が部屋に閉じこもって

分厚い本を読んでいる

テントの前で　娘は
花柄のパジャマを着て
体操をしている

海に続く
段々畑のてっぺんで
やまんばが静かに眠っている

オジロワシは羽をたたみ
やまんばのはだしの足を
翼の中であたためている

サバンナの夕焼け

夕焼けは
終わろうとしていた
濃いねずみ色の雲は
オレンジ色の夕焼けを　すこしずつ
山の向こうに押しやっていく

――あっ
アフリカの
サバンナの夕焼けだ

三人が病室の窓辺に
あつまってきた

――あっ　キリンが歩いてくる

――ライオンもだよ
　あれはアフリカゾウ

わたしたちは顔をよせあう
合流してまだ五日目なのに
ガラスの向こう
サバンナの夕焼けに目を細める

――夕ご飯ですよ

廊下から　看護師さんの声がして
みんな　いそいでベッドにもどる

話していると
まだ　だれも
アフリカのサバンナに
行っていないことがわかった

あとがき

　はじめて道に迷ったのは五歳くらいのときでした。母の実家からひとりで帰ると言い張って、おとなの足で十五分くらいの道を歩きました。

　黄色い菜の花が続く道を歩いていると、白い蝶たちが楽しく飛びはねています。わたしは迷わず菜の花畑に飛びこんで、蝶を追いかけてあそびました。はっと気がついて帰ろうとすると、さっきまで覚えていたはずの道が見つかりません。五歳のわたしは泣き出してしまいました。幸い近所の人が見つけて家まで連れて帰ってくれました。

　おとなになってからも、たびたび迷子になることがありました。けれども、迷子になるとなぜかいつも助けてくれる人がいました。そんなすてきな出会いをもとに詩を書き続けてきました。

詩誌「みみずく」の同人の先輩たち、「こぶし」の同人のみなさんなどに助けられて、ここに詩集として出版することができました。装画のこがしわかおりさん、四季の森社の皆さんに道案内をしていただき、ようやく形にすることができました。

この詩集を読んで「迷子も、時にはいいもんだ」と、くすっと笑ってくださったあなたはもうお友だちです。

二〇二三年七月七日　松山真子

松山真子　著者

長野県出身。

第20回堺都市文学賞受賞『もう一度の青い空』。

手作り詩集に『風の置き手紙』（上田情報ライブラリー）『ぐんとはれ・ずっとはれ』『またね』『しみんのうえん』『かぜのこもりうた』（絵本工房にじのたね）、詩集に「さよならさんかく・またきてしかく」（北信エルシーネット社）、『こんぺいとう』星の環会、詩集「さよならさんかく・またきてしかく」北信エルシーネット社、『だれも知らない葉の下のこと』（四季の森社）など。日本児童文学者協会会員・草創の会会員・詩誌『みみずく』『こぶし』同人。

mako matsuyama

こがしわかおり　画家

埼玉県出身。

作品に『せんたくかごのないしょのはなし』（あかね書房）、『おうちずきん』（文研出版）、『料理しなんしょ』（偕成社）、『森のポストをあけてごらん』（ポプラ社）、詩集『だれも知らない葉の下のこと』（四季の森社）、詩集『ぼくたちはなく』（ＰＨＰ研究所）、『はくさいぼうやとねずみくん』（新日本出版社）、『パンフルートになった木』（少年写真新聞社）、『くろねこマーリン』（ティルナノーグプレス）など。

HP　http://www.pagoda-house.net/

kaori kogashiwa

詩集 迷子

2023年9月15日　初版第一刷発行

著者　松山真子

画と装丁　こがしわかおり

発行者　入江隆司

発行所　四季の森社

〒195-0073　東京都町田市薬師台 2-21-5
Tel:042-810-3868　Fax:042-810-3968　E-mail:sikinomorisya@gmail.com

印刷所　モリモト印刷株式会社

ISBN978-4-905036-34-0 C0092